石部 明の 川柳と挑発

堺　利彦 監修

Sakai Toshihiko

館ブックス

川柳展望50号大会　第五回「火の木賞」受賞
（昭和62年）

川柳仲間たちと
（昭和63年6月）

川柳展望大会

昭　和

昭和14年　岡山県和気郡三石町（現 備前市）に生まれる。

49年　岡山県和気町 和気川柳社、杉原胡風氏のもとで川柳の作句を始める。「ふらりと参加した町の文化祭で一等賞になり、ハマってしまった」と後に語っている。

50年　岡山川柳社「ますかっと」投句。

52年　岡山川柳社「ますかっと」同人。

同年　こめの木グループに参加。メンバーは西山茶花、児子松恵、行本みなみ、野口寛、平野みさ、石部明。毎月一回合評会を開き、時に過激な論に影響を受けたという（平成4年頃解散）。

54年　時実新子の「川柳展望」会員。

同年　雑誌「川柳」に作品掲載地元地域の川柳リーダー杉原胡風の紹介による発表であった。

60年　「川柳展望」十周年岡山大会。大会運営に携わる。

川柳の仲間たちと。前列左から2人目は寺尾俊平。（昭和63年）

おかやまの風６。左から石部明、前田一石、西川けんじ、長町一吠。（昭和63年10月）

「おかやまの風６」。左から、前田一石、石部明、徳永操。

「選者の感覚が古かったらどうしようもない。新しい感覚の作品を発表したり、選者の川柳観に反対する発言があればコツンとうやられる」と、川柳岡山社の同人でもある石部明さんは、川柳結社の持つ古い体質を批判する。
（「おかやまの風６」を取材した山陽新聞の記事より抜粋）

同年　父死去。敬愛していた父の死を捉えたと読める作品群発表。

62年　「川柳展望」第五回「火の木賞」受賞。「ことばの上では『自分』を消してしまいたいと願っている私の川柳が、これからどうなるのか」（受賞のことばより抜粋）。

同年　寺尾俊平（岡山）の「川柳塾」創立に参加。

63年　岡山県川柳作家百句抄の徳永操、長町一吠、西条真紀、前田一石、前原勝郎らとともに句集出版記念の会「おかやまの風6」を開催。片柳哲郎が「現代川柳の美学」と題して講演。句会選者には野沢省悟を迎えた。この頃から（川柳で）「大嘘を書いてみたい」と発言する。

同年　第一句集『賑やかな箱』上梓。

平成4年　「川柳Z賞」受賞。

5年　片柳哲郎の「新思潮」創刊に参加。

青森県 下北半島川柳大会
（平成８年5月　右・高知の海地大破と）

川柳大学第五回全国大会
（平成10年 懇親会にて）

川柳仲間たちと

平　成

6年　「川柳展望」に論文「定型の未来」連載。「定型の枠から溢れそうになりながらそこに沸騰する思いが詩であり、その詩を川柳と呼んでいる私たち」（一部抜粋）。

8年　時実新子の「川柳大学」創立会員。「一句を自分のものとして、創作と同じ地平で読む力を身につけるための研鑽を怠ってはならない」（創刊号掲載文章より一部抜粋）。第3号より会員作品の鑑賞と批評を担当。

同年　青森県下北半島川柳大会（川柳大学・かわうち川柳社共催）に参加。選者をつとめる。

同年　「ふあうすと賞」受賞。

10年　倉本朝世、加藤久子、佐藤みさ子、樋口由紀子と「ＭＡＮＯ」創刊。発行人となる。「川柳という形式を現代に生かし切らなければならない」（創刊号より）。

川柳VS俳句（平成11年、名古屋）
この頃から積極的に多ジャンルとの交流を深めていく

第一回ねむらん会
（平成14年8月 和気鵜飼谷温泉にて）

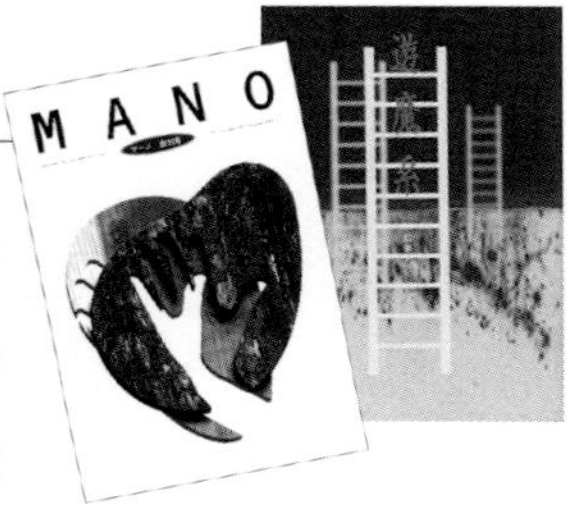

句集『遊魔系』（帯文 堀本吟／解説 藤原龍一郎）とMANO創刊号。

倉敷市民文学賞
平成14年

11年 尊敬し、影響を受けた定金冬二死去。片道三時間の電車を乗り継ぎ、通夜へ参列したという。

12年 アンソロジー『現代川柳の精鋭たち』に参加。超結社による初のアンソロジーに全国から28人が参加している。

13年 『現代川柳の精鋭たち』発刊を記念した「川柳ジャンクション２００１」を大阪で開催。パネラーに歌人藤原龍一郎、荻原裕幸、俳人堀本吟。主催・運営に携わる。

14年 有志に呼びかけ「川柳ねむらん会」を始める。徹夜で句会三昧の二日間。川柳・短歌・俳句・連句など幅広いジャンルから毎回約20名の参加があった。（平成22年まで計5回開催）

同年 第二句集『遊魔系』上梓。

同年 岡山詩人協会で川柳についてスピーチ。

同年 倉敷市民文学賞（川柳）審査員。

バックストロークin東京（平成17年5月）

バックストロークin仙台（平成19年5月）

平成

15年　倉敷市民文学賞（川柳）審査員。

同年　川柳「バックストローク」創刊。発行人となる。同人、会員計約２００人の船出。「なにものにも束縛されない形式の真の自由を求めて、多数の同志とともに」（創刊号　巻頭言より）。

同年　現代川柳「どん底の会」（代表・進藤一車）に招かれ第一回「現代川柳の集い」に参加。選とスピーチ。

同年　「バックストローク in 京都」開催。シンポジウム「川柳にあらわれる悪意について」。シンポジウム中心の大会開催はバックストローク創刊前からの石部明の構想であった。以降毎回テーマ性のあるシンポジウム開催。

同年　岡山県文学選奨（川柳）審査員。

16年　岡山県文学選奨（川柳）審査員。

同年　青森「おかじょうき川柳社」（発行人・北野岸柳）に招かれ「川柳ステーション２００５」トークセッ

川柳 朗読の会（平成20年 大阪にて）「てのひらの義眼」と題して朗読。
常に新しい挑戦を続けた

バックストローク
の仲間たちと

第一回BSおかやま川柳大会（平成20年4月）
「あなたの意見で川柳は変わる」と題してスピーチ

ションに参加。

17年　「バックストロークin東京」開催。シンポジウム「軽薄について」。パネラーに連句（浅沼璞）、俳句（中西ひろ美）を迎える。句会にもジャンルを超えた多くの参加があった。

同年　日本現代詩歌文学館（岩手県）の常設展「いのちの詩歌―きのう、きょう、あした」に色紙「球体の朝それぞれの宙返り」と小文を出品。

18年　セレクション柳人『石部明集』出版。

同年　セレクション柳人発刊記念川柳大会を大阪で開催。

19年　「バックストロークin仙台」開催。シンポジウム「川柳にあらわれる虚について」。川柳杜人社（宮城）、おかじょうき川柳社（青森）との交流深まる。

20年　第一回BSおかやま川柳大会（以降平成24年まで毎年開催）。毎回テーマを持った特集（第一部）と句会（第

㊤第二回BS おかやま川柳大会（平成21年4 月）。第一部「寺尾俊平と定金冬二の世界を語る」

㊧第三回BS おかやま川柳大会（平成22年4 月）。第一部「石部明を三枚おろし」、自身の川柳人生を語る

第4回BSおかやま川柳大会（平成23年4月）盟友 前田一石、石田柊馬、田中博造らと（懇親会前のひととき）

バックストロークin大阪（平成21年）

平成

同年　二部）の二部構成。

同年　BSおかやま句会スタート。隔月の例会を冊子とし、21号より「BSおかやまField」とする。

21年　第二回BSおかやま川柳大会。

同年　「バックストロークin大阪」開催。シンポジウム「私がいる川柳・いない川柳」。

22年　第三回BSおかやま川柳大会。第一部「石部明を三枚おろし」。

23年　「バックストロークin名古屋」開催。シンポジウム「川柳が文学になるとき」。パネラーに歌人萩原裕幸、現代詩から湊圭史を迎える。

同年　「バックストローク」36号にて終刊。

平成24年10月27日　永眠　享年73。

入退院を繰り返しながらも川柳への情熱と後進への期待を持ち続けていた。亡くなる2週間前までField誌の原稿を書いていたという。

はじめに

一九七四年、石部明の川柳の出発点である。以来、時実新子氏、寺尾俊平氏らの薫陶を受けながら、次々川柳大賞を獲得、一九八八年、岡山県川柳作家百句集「賑やかな箱」を出版。この頃から本来川柳の持つ「批判精神」の欠如を語り、「潰すのではなく、新しい伝統を作る」ことだと、「現代川柳」への想いを示した。石部明の川柳への探求心、行動力は、他文芸との交流を深めながら、「川柳を揺さぶれ、川柳の形式を揺さぶれ」をテーマに「川柳ジャンクション大阪大会」を開催。現代川柳「バックストローク」を立ち上げ、京都、東京、仙台、大阪、名古屋と続いた「シンポジュウム」は日本川柳界に、大きな反響を呼んだ。

二〇一一年「岡山の川柳」改革へ。「Field」は、停滞する岡山の川柳への方向を示す大きな一歩になったが、「病」はすでに彼を蝕んでいた。「志なかばで、くたばるわけにはいかん」と復活を宣言したが、二〇一二年十月二十七日「Field」25号の編集中、石部明は逝った。

令和元年八月

前田　一石

資料提供：石部総子／西﨑眞奈美／前田一石／樋口由紀子／畑美樹／
日本現代詩歌文学館（順不同、敬称略）
参考資料：『セレクション柳人・石部明集』（邑書林）／『遊魔系』（詩遊社）／
『賑やかな箱』（手帖舎）／『現代川柳の精鋭たち』（北宋社）ほか

石部明の川柳と挑発 ■ 目次

石部明の川柳と挑発

馬の胴体

琵琶湖などもってのほかと却下する
チベットへ行くうつくしく髪を結い
烏龍に鳥なく母は午睡せり
ランドセル背負う死の国生の国
開脚の姿勢のままの青芒
性的に舌を使っている白夜
舐めてみる出雲大社の塩加減

私の川柳の実質的な出発はこの一文に始まる。「とにかく私は、川柳も短詩としてしか見られないから、そこに詩がなければ私にとっての存在価値は認められない」と書く俳人飯島晴子の一文である。

（2002年、2012年「Field」再掲）

馬の胴体

曲馬団とは大げさな百日紅
空家から鳥が出てゆく後日談
間違って僧のひとりを食う始末
ぐるぐるとかつての母を紐にする
体臭は消すに消せない稲光
死んでいる馬の胴体青芒
諏訪湖とは昨日の夕御飯である

「私は川柳で大嘘を書いてみたい」
（1988年「おかやまの風6」句集出版記念会、2010年「バックストローク」所載）

賑やかな箱

月光に臥すいちまいの花かるた
アドリブよ確かに妻をころせたか
やわらかい布団の上のたちくらみ
枕からなにも生まれず昼の月
橋の中ほどでは春のタイトルマッチ
さびしくて他人のお葬式へゆく
指で輪を作ると見える霊柩車

川柳は、言語表現として滅多に成功することのない絶望的な形式なのである。それでも私たちは書いては捨て、捨てては書いて、万が一にも出会うかも知れない「私の句」を求めて、まるで物の怪に憑かれたように書きつづけるのである。だが、なかには締切りに追われて無自覚に書き流されている作品も少なくない。気になるのは、それらは一読しただけで状況が見えてしまう現実の報告や、ごくありふれた肉親とのかかわり、あるいは誰もが知っている浅い感動

記憶にはない少年が不意にくる
丹念に指がなくなるまで洗う
罪の数だけは聞える石屋の音
たましいの揺れの激しき洗面器
一本の縄とはしゃいでいる命
革命はくり返される無数の碑
晩夏から追い詰められてゆく打楽器

を川柳と錯覚してしまうことである。そして、誰かとおなじ書き方をしなければ安心出来ないという個性の希薄化と、それぞれの一句が到達しなければならない言語世界を、あまりにも小さくまとめてしまうことである。

（1997年「川柳大学」）

手袋を燃やす一敗地にまみれ

石を担いだ石屋のシャツが干してある

樹を伐ると親よりも濃い血が流れ

月光を浴びる荒野のめし茶碗

枯野にはあたらしい雪降りはじめ

消えてゆくものの微かな摩擦音

賑やかに片付けられている死体

「日常を棒に振る」ことだけが全てだとは思わないし、「人間を詠う」というおおらかなテーマの下にある川柳は、生きて在ることの実感を述べるものであり、そう簡単に日常を放棄できない宿命のようなものを抱え込んでいる。しかし、そのことに甘えて、日常にべったりと腰をおとして、そこから一歩も動こうとしない川柳があまりにも多すぎないだろうか。

（1993年「川柳新京都」）

やがて手も沈んでいった春の海
てのひらをうっかり見せてしまうなり
夕暮れの駅からふっといなくなる
蛇口からポトリと惨劇が生れ
風船の数にこだわることはない
雑草の茂るにまかせ出奔す
目札をして去ってゆくおそろしさ

社会とか生活といった制度の中にあって、その共通の規範に沿う書き方をすることによって、お互いに共感しあう位置で毎朝交わす挨拶のように、えんえんと繰り返される感情のキャッチボール。たとえそれが「命あるものの詩」という前提のうえであったとしても、やさしさとか、思いやりといった情緒のへんで川柳が停滞してしまっては困る。

（1993年「川柳新京都」）

からからと笑う勇気がいまはない
手違いもなく対岸に灯が点る
トランクをあける日暮れの裏通り
尾行している人たちを振りかえる
何年もかかってやっと木を倒す
空瓶の転がりゆくはわが故郷
うっかりと覗いてしまう橋の下

私は詩という衝動をもって規範を突き破ってゆくような作品を目指したいし、そのためのかけがえのない形式として川柳を大切にしてゆきたい。

（1993年「川柳新京都」）

背中の傷からりと晴れた日がつづく

ざっしりと鞄に詰めてある悪事

にくしみの数だけたまご割っている

悪行の極みにおいてある枕

声がしたような生家の古い井戸

おんなきて指を濡らして遊びおり

川底にうすい布団を敷く女

創作とは虚構、あるいは幻視することによって導き出される真実をいう場合もある。散文を十七音字に縮めて事足れりとする句とは違う境地に、もう一人の私を立たせることなのである。

（2000年「川柳大学」）

せっくすのあとさき通過する電車
ベルが鳴る男の過去は絶ちやすし
駅裏でふっとよろける仏さま
こいびとと妻の知らない鳥を飼う
一枚の紙を絆として残す
球状のもの落下する誕生日
フラスコへ一滴たらす父祖の土地

川柳は見たもの、感じたものの感想を述べる器としてあるのではなく、その感動をどう伝えるのかに形式のきびしさがある。

（1996年「川柳大学」）

一本の樹とめぐりあう放火犯

音もなく真昼の煙突が崩れ

手も足もおなじ景色に辿りつき

にくしみもふたつ枕も二つある

てのひらに蝶をころした痕があり

あおむけにそのまま眠る花の底

雑木林の私の匂い樹の匂い

作者ばかりでなく、創作に向かう時、川柳に何か人生的な教訓を求める傾向がありはしないか。自分の幸せや、まっとうな生き方を他者にも知らせたいという思いも解らぬではないが、教科書的、教条的な作品は作者が思っているほど読者に届かないし、きれいごとは読者の心に響かない。

（2000年「川柳大学」）

逃げのびた町の大きな仏壇屋

本物の乞食になれるまで歩く

頭上には不吉な紙が揺れている

行く手には日毎にふえる鳥の数

バスが来るまでのぼんやりした殺意

なつかしい水桶があり昏睡す

埋葬の終わった月の夜の野原

〈菜の花や母はときどき狂います　みさ〉　川柳をはじめて間のない頃、第三雑詠（ますかっと）で読んだ平野みさの作品は、それまで私が持っていた川柳観を根底から覆す衝撃的なものであった。無口で論の苦手な彼女は、自分の感性を頼りに次々に佳句を生み続けた。世間の眼や評価には眼をくれないため、誤解も多かったようだが、彼女の沈潜された意志や思いは、無意識のことばとなって、句の上にもう一人の平野みさを再現し、ふたりのみさは葛藤を

一列にならんで霧に消えてゆく
何ごともなかったように月を浴び
錯覚のはなはだしきは秋の月
いちめんにすすき点していなくなる
息とめて冬の一樹になっている
眠りたし魚の顔にも雪が降る
冬空のけむり途方にくれている

くり返していたようである。しかし、もう一人のみさは、現実のみさを嘖み苦しめるようになったのだろうか。みさは川柳を作らなくなってしまった。どんな理由であれ挫折は自分への敗北である。私は愚直に続けてゆきたいと思う。私を触発してくれ、今は連絡もとれないでいる平野みさに、この作品を読んでほしい。

（1986年「木馬」）

霧の夜のマッチのごとく自滅せり
忽然とわたしを消しておく九月
街灯の下を巨きなものが過ぎ
川下へ水は流れるお弔い
吐息して冬の帽子を折りたたむ
荒縄で結んだ過去が吊ってある
紐を引く何処かで誰か死ぬように

川柳という形式に充填する言葉が、書き手である私たちの内部でどう熟成されたものなのか。その言葉によってどう自分の世界が構築できたのか、それが川柳のもっとも大切な創作の原点ではないかと考えるわけであります。

（2003年「劇場」）

ぐっしょりと濡れて帽子が帰ってくる

かげろうや前をゆくのは死者ばかり

鳥の貌してくらがりの鳥になる

仏壇の中をきれいに拭いておく

見比べて等身大の箱を買う

なんでもないように死体を裏返す

向きおうて死者も生者もめしを食う

川柳という形式を時代に生かし切らなければならない。

（1998年「MANO」）

棒切れをポキンと折れば父の闇
父を背に担いで帰る芋畑
火葬場のボタンの前に立たされる
穴掘りの名人がきて穴を掘る
葬式に人がくるくる花日和
陽光さんさんと大きな箱ひとつ
春の野に母の茶碗がおいてある

日々刻々と変化する今という時代を、川柳一句にどう反映させてゆくか、それはとりもなおさず、今を生きる根拠とする個々の原点において、報いられることの少ない精神の覚醒、そして生きることの本質を自らの内側に向けて問うことである。そのことのために私たちの前に言葉があり、川柳という形式がある。

（1998年「MANO」）

戸棚からごとりと父が降りてくる

芒ゆらゆらと殖えつづける老婆

見たことのない猫がいる枕元

夜桜を見にいったまま帰らない

足音は確かに沼のほうへ消え

水霽れてきて水底の眼をひらく

神の声してぼうぼうと藁を燃やす

私にとって川柳は、心ならずも裏切ってしまった家族への、懺悔なのかも知れない。

（1979年「川柳展望」）

遊魔系

梯子にも轢死体にもなれる春
天井の鏡の中を魔が通る
水掻きのある手がふっと春の空
棍棒の握り具合もいい卯月
嗄れた声して死者のいる都
神の国馬の陣痛始まりぬ
包帯を巻いて菫を苛めけり

現代川柳は今、混沌として出口の見えない袋小路に入っている。その一つは「思いを書く」という曖昧な定義に縛られて身動きの取れない形式の停滞、個人的でくったくのない日常的な事情を、より多くの人に伝えようとする傾向は、それが表現する主体のごとく川柳を侵しつづけている。「思い」と称する自己報告のためのよくわかることだけを前提とする作品は、創造する力も跳躍するバネも失った衰弱した形式しか残さない。すべてにあまり難しい本質的なもの

春北斗指さすポルノ映画館
切口も青全身も青く澄み
傘濡れて家霊のごとく畳まれる
ごしごしと渚で洗う毛の神話
月光に丸太棒が声を出す
いもうとは水になるため化粧する
さくら咲き血を滲ませる非常口

は好まれない社会的な風潮の中で、「誰にでもできる易しさ」だけを川柳に求める愛好家たちによって、この停滞にさらに輪をかけるように、「紙と鉛筆だけあればいい文化」が蔓延していく怖さは、もう堰止めることのできない勢いである。

（1998年「MANO」）

曇天の身体全部を閉じて泣く
階段を降りて青葉の家出人
刑法に触れ六月の雨の父
鎌を研ぐみな夕顔になりすまし
桜色している肉につつかれる
目隠しをされ禁色の鮫になり
からっぽの身体畳んで鳥の真似

時代精神を失って形骸化してゆく伝統性と、確たる定義を持たず現代への意識を定着させようとしてきた現代性は、ともに短詩文芸としての定位置さえ持つに至らなかった。「何でもあり」という無定見な思想によって川柳はきわめて多様な方法を許す器になってしまったのである。しかも、自由であることは、実は形式としての不自由さに通じることに気づかないまま、飛躍の翼を失って日常次元に埋没してしまったのが、現在の川柳の立たされている位置であろ

くすくすと笑っておりぬ月の家

肉色にかがやく午後の遺体かな

百合の香をまぜて鉄橋塗りあがる

ひまわりは亀裂国家はいい加減

どの家も暗黒の舌秘蔵せり

湖へ父の溲瓶をとりにゆく

裁判所前に野菊を山積みす

う。だが、私たちは川柳を刷新する。今を生きる根拠を問い、報いられることのない精神の覚醒と、生きることの本質を自らの内側に問いかけることによって、川柳という形式を揺さぶるのが私たちの命題となるであろう。なにものにも束縛されない形式の真の自由を求めて、多数の同志とともに「バックストローク」はスタートする。

（2003年「バックストローク」）

剥製屋はからっぽ明るすぎる午後
雑踏のひとり振り向き滝を吐く
精神科病棟裏を剃毛す
揺さぶれば鰯五百の眼をひらく
空家から黒いかたまり滲みだす
放火犯とガーゼするりと秋の雲
後ろ手に黄菊白菊母狂う

古い習慣性をなぞることによって、人情と社会の規範を一歩も踏み出そうとしない形式を抱え、時代との乖離を余儀なくされている川柳が、時代的洞察を失ったまま衰弱してゆく様子を、このまま黙認しているわけにはいかない。

（2003年「バックストローク」）

鏡には隙間包茎手術室

曼珠沙華銀行員が家出する

着飾ってしくしくと泣く蜜柑山

軍艦の変なところが濡れている

国境は切手二枚で封鎖せよ

死角にはかなしき色の海鼠いる

狂いつつ紙浮いてくる春の池

「誰にでもよく解る」という川柳とは一読明快、膝をたたいて成程と頷く解りやすさが身上であって、想像力を働かせて、心の表現や精神性を読み解くことのない文芸として、「読みの不毛」はかなり深刻に現代川柳の邪魔をしてきたようだ。

（２０１２年「Field」）

起立したまま夕暮れの遺失物
かげろうのなかのいもうと失禁す
紐ひいて点す電球修羅の国
春一番自殺願望衰えず
てのひらはつい菜の花の黄にまみれ
春という一語をもって刺しにゆく
粉々になった鏡は姉の声

あくまでも創作という前提をもって作品は成り立つ。勿論、その創作は事実であろうと虚であろうと、作品の中にある真をどう探るかが読み手の責任であり、特に私はあくまでも作品のみを読みの対象にし、その背景に踏み込んでゆくことは避けてきた。背景を読みの外におくことによって作品世界が拡大され深化されると信じているからである。

（1996年「川柳大学」）

打楽器の一個ふらふら渚まで

置き去りにされて標本箱の蝶

濁流を見ている妻のそばにいる

舌をだすわが胸中の暗い谷

神の影耳を咥えて立ち去れり

ぼろぼろのたましいしまう紙袋

水薬さくらの闇にたって飲む

石田柊馬が「川柳は読みの時代にはいった」と看破したのは、「BS」（注・「バックストローク」）初期の段階であった。（中略）だが私自身の「読み」もまだ心もとない。だからこそ試行錯誤を繰り返し広く議論を深めていきたい。

（2012年「Field」）

身が裂けてそこに桃咲く桃の夜
性愛はうっすら鳥の匂いせり
桃色になるまで月を撫でている
青錆びてことりことりと聖マリア
百合ひらく部屋の奥には発禁書
声を出す玩具朝まで声を出す
たましいを抜かれて月の遊び人

彼ら（注・「短歌の若手や現代俳句の作家たち」）は言葉の意味に沿うのではなく、そこに詩として書かれた言葉の仮構性の、どこに作者の意識が置かれているのか、作者の真を見極める努力を怠らない。言葉という生き物から、意味という固定観念を外してやることによって現れるかも知れない、作者のための新しい意味と、未知の世界を存在させる可能性を探ろうとする読みの跳躍。

（1999年「MANO」）

姉消えてゆく薄暗い写真館
ふるさとにだらんと舌が垂れこめる
殺戮というひび割れた壁の意志
わたくしの巨きなてのひら浮く運河
この夏を苦しみぬいて銀の匙
男娼にしばらく逢わぬ眼の模型
咽喉を切り黒い塊り街へ吐く

文芸としての川柳の本質とか、生の根源に触れる深みとか、生の営為にともなう苦悩といったところとは別の、感情が支配する日常性のみを捉える創作は、そこに書かれていることが全てであって、一行で終わってしまう形式は頷くことのみで終わってしまい、「読み」を滑り込ませるわずかな隙間さえ残されていないのである。

（1999年「MANO」）

ころがしてゆく体内の岬まで
日の丸がするするあがる瓶の中
くちびるはゼンマイ仕掛け死のマーチ
夜ごと樹は目覚めてわれを取り囲む
船曳いて夜の桃畠は淫ら
額より青く滴り墜ちる崖
栓抜きを探しにいって帰らない

本誌（注・「バックストローク」）の作品は難解だという声を聞く、勿論、いま川柳の大多数の中で語られる「よく解る川柳」に通じる作品は少ない。

しかし、内面にある「私性」を根拠として、個の深淵に深く沈めてゆく言葉が、その奥のリアリティをもった定型空間として作品化された場合、不特定多数に向けられた「よく解る」ことだけを目的とする地平に流通することはあり得ないし、誤解を怖れずいえば、難解を避けていては何も書けないということ

苦しんで夜明けをまっているさくら
ガラス器の母をこぼさぬように持つ
憎しみの口に頬張るいなり寿司
やわらかい喉のへんから春の船
目礼をしてひとりずつ霧になる
それぞれに死者青葱をぶらさげて
鏡から花粉まみれの父帰る

になる。

（2005年「バックストローク」）

川柳人口が増えつづけるという現実は、この数年とくに著しい。しかし、それが川柳の文芸性の好ましい方向へ反映されているかというと、必ずしもそうではなく、誰にでもできる大衆文芸という後向きの幻想へ、無自覚に誘導される集団の肥大化が進んでいるだけではないか。

（1999年「MANO」）

月浴びて膨れつづける黒い瘤
半生を閉じ込めておく花図鑑
とかげの尾神話の国に紛れ込む
老人がフランス映画へ消えてゆく
丹念に拾う花びら死は間近
折鶴のほどかれてゆく深夜かな
仰向けになる月光の大鏡

川柳ではよく「うまい、へたは関係ない」という言い方で、技術は論外とする傾向がみられる、だが、感情的な日常報告はともかく、技術を軽視してどんな表現が可能だというのだろうか。手練手管や、コツの習得を第一とするつもりはないが、かつて「川柳に残されたのは技術だけだ」と中村冨二が言ったように、技術をよく知るものこそが自分の世界を切り開く可能性を秘めているのではないか。

（2006年「MANO」）

暗闇の貌がなければ貌を彫る

ゴム毬は深夜に転ぶ恩知らず

菜の花に育児制限講座あり

鍵穴をどこへともなく鳥通う

流木の濡れてるほうへ手を入れる

モノクロの癌病棟の霧が父

雛壇を担いで行方不明なり

戦前を俯瞰し、戦後を検証することによって、中村冨二の例のように、現代と微妙にクロスオーバーする歴史を明らかにする。それが今現在の私たちの営為を歴史に加える第一歩と位置づけてもいいのではないか。歴史を起点としたところに現代川柳を成立させなければならない。

（2007年「バックストローク」）

びしびしと叩かれている桜闇

ボクシングジムへ卵を生みにゆく

半身は花にあずけて犀眠る

ぎっしりと綿詰めておく姉の部屋

母消える朧月夜に猫つれて

秋の野の身体はなせば鶴の声

義眼みなはずし桔梗が揺れている

言葉の意味と体験と秩序に沿って、社会の規範と常識をはみ出さないように、作品の表面をなぞってゆくことしか出来ない読みの不毛。これは不毛というよりも、時代的な洞察を怠り、それまでの固定観念から決してはずれようとしない川柳は、もう既に読みを必要としない形式として衰弱してしまったことを指しているのかも知れない。しかし、それでも痩せ細ってゆく川柳の再生を賭け、概念とは別の、新しい自覚によってのみ書き得る形式の出現に身を削る作

息絶えて野に強靭な顎一個

死者といる青い刹那の「灯を消して」

死後なれば藪に隠しておく溲瓶

青々と柩と兄が樹にもどる

舌が出て鏡の舌と見つめあう

冥みより不意に銀色落下せり

青痣を見せないように桔梗咲く

家も少数ではあるが確実に存在する。

（1999年「MANO」）

川柳の読みの不毛は深刻である。

（1999年「MANO」）

二、三人老婆しゃがんで輪廻する

刺青の蝶が苦しむ秋の暮れ

びっしりと毛が生えている壺の中

身の奥に飼う一匹のテロリスト

オルガンとすすきになって殴りあう

にこりともしない少女と船燃やす

日の丸に包まれて泣く酢蓮根

私たちが作品を読む場合、一つの言葉の意味を追い、言葉と言葉の組み合わせによって、何を書いているかを解きあかそうとする。しかし、日常使い慣れた言葉の意味にしたがい、規範化された意味を解ったつもりになっても、それは「解ったつもり」になっているに過ぎず、規範化された言葉の意味を開放し、感性や感覚によって一句全体に新しい自分だけの意味を込めようとする、つまり言葉が現実の再現や報告ではなく、現実の再構築であることも、これか

死者の髭すこうし伸びて雪催い
裏山の全部を入れる古箪笥
鳥かごを出れば太古の空があり
薄目して覗く椿の咲くところ
押入れのずうっと奥に吊るらんぷ
大男耳を殺がれて哭く真冬
体から誰か出てゆく水の音

らはもっと注目しなければならなくなる。

（２００６年「MANO」）

川柳が他の短詩文芸に大きく遅れをとったのは、目の前の事実を事実のままに捉える狭い世界観に依存していたことにある。

（２０１２年「Field」）

死ぬということうつくしい連結器

酢の瓶を傾けてみる黄泉の国

春なればなお剃刀の刃の冷気

さくらにはあらず今咲く死の予感

花が散らかる少年のしゃれこうべ

老人はみな鶏つれてくる白夜

花札をめくれば死後の桐の花

川柳の主流を自負する伝統派が精彩を欠いているのはここ数年のことではない。もしかすると川柳に伝統という冠をつけた時が、すでに伝統川柳の停滞への出発であったかも知れない。急激な崩壊という事態に立ちいたることのない、微温的な環境に支配されたまま、既成の概念に閉じ込めた川柳の規範や制度に向かって、一方的な信仰のようにに日々の感情の断片を漠然と形式化してきた。無自覚な伝統崇拝は当然、時代精神の洞察を怠り、時代に置き去りにされ

一族が揃って鳥を解体す

手招きをするのでもなく百合の怪

ひとりずつ隠す瞼の裏の沼

暗くして鳥が見ている死化粧

野に老婆生まれ桔梗を抱いている

薄明の橋わたくしのなかへ墜ち

戸板にて運ばれてゆく月見草

たまま、静かに澱んでいくほかなかったのである。しかし、伝統とは常に、時代を背負った創造者によって再生産を繰り返しながら次の世代に手渡されるもの、私たちこそが伝統を引き継ぎ、作りつづける自負を持ちたい。

（2003年「バックストローク」）

どの家も薄目で眠る鶏の村

念仏は地を這い影を食べはじめ

血縁の誰にも似ていない仏

いろいろの耳あつまって読経せり

岬には身元引受人ひとり

ぼろぼろに黄ばんでしまう人体図

薬屋の裏で菫に変身す

時代は何事にもあまり難しい本質的なものは好まれない風潮にあり、川柳の現状もまた肩の凝らないやさしさと「よく解る」という離乳食的な文化の恩寵に甘えようとしてはいないだろうか。肩肘張っての本質論を避けて通っていたのでは、私たちの先輩が川柳革新に挺身した、あの緊張した言葉との戦いを、今に再現することは不可能であろう。私たちの新たな理想は、享楽や慰謝に溺れて、自ら文芸性を放棄する愚を戒めながら、自らの内面の広大な地平に目を凝

老人になる鶏の尾のあたり
百合咲いて見えぬ鎖がはずされる
水だけで描く近親姦の朝
全身にもらってしまう月の痣
梔子となり人知れず帰郷する
鯨幕張って非在の理髪店
鏡の間少女のように血をこぼし

らし、新たな自分を発見する視野で、自らの探求をつづけてゆく創作活動と、その創作を支える評論活動の充実にある。常に形式を揺さぶるテーマ意識を失わなければ、川柳はおのずと新しい言葉の世界が拓けてくるに違いない。

（2003年「バックストローク」）

絹糸に括られている死後の朝
轟音をたてて崩れる父の肉
倒錯の少年追われゆく銀河
いちまいの皮膚を濡らして星月夜
母憎むべし漆黒の虫となり
わが喉を激しく人の出入りせり
薔薇族のあつまる夜の絵具皿

句の中に作者が見える、という評をよく目にする。勿論、私もよく使う、しかし、現実のきわめて個人的な状況からの一句、たとえば父が死んだ、母が入院した、といった句に作者は貼りついているのは当然のことであって、それを「作者が見える」「真実が胸をうつ」と評価してしまうところに川柳の混乱がある。現実を十七文字に切り取ることを否定するつもりはないが、表現である以上、現実的事実をどう作者固有の「真」とするか、現実を書くという意識を

真っ暗なからだの奥の水祭り
包帯を汚して秋が立っている
劇薬と記す夕陽を入れた瓶
あちこちに芒はみだす死後の姉
晩秋の便器しくしく泣くばかり
冬空に血のようなもの混じっている
月痩せて彫物の龍無惨なり

糧として、自分の内部に存在している思想の熱量をどう言葉に置き換えてゆくか、日常生活で使用する言葉の習慣や馴れを、新しい固有の言葉世界へ導くのが「思いを書く」ということであり、そこに箇の表現としての真価が問われるのではないか。

（2004年「バックストローク」）

轟音はけらくとなりぬ春の駅
こつこつと菜切り包丁夜を刻む
黄昏の体かがんで蝶を吐く
死のことをぽつりと漏らすすりがらす
宇宙より鳥運ばれてくる神事
透明なガラスに映す沖の荒れ
桃色の骨あらわれて鏡拭く

おなじ事実を書こうとしたとき、それを詠嘆的に述べるのではなく、対象を一つの動機として、作者としての「私」の奥底にある意識を攪拌し、言葉に置き換えてゆくのが「私」を書くということではないか。つまり、「私」の感情を述べるのではなく、「私」の意識の言語化によって私性川柳というものが成り立ってくる。

（2008年「バックストローク」）

人形の指を極右に尖らせる

釘錆びてもとより思想など持たず

五月の木みんな明るく死んでおり

蔑まれつつ銀色のものを吐く

仏壇のほかなにもなし春の家

野に生まれ月光の子はみな裸足

悪いことしている昼の金魚鉢

では、「私性」とは何かということになると、「私と思われる主体の思想・行為を書くこと」になるのだが、それが日常的な「私ごと」を書くことと混同してしまったのが川柳の現状ではないだろうか。

（2012年「Field」）

ラムネ瓶神より青く立っている
死ににゆく黒い蝙蝠傘になり
群集という名のずかずかと喉の奥
釘抜いてその傷痕を聖地とす
パラソルをさして死者ゆく日本海
西日射す部屋で毀れる生殖器
するすると鎖は秋へのびてゆく

作者個人の人柄や生活や環境に興味のない私は、自己の思想や経験を報告するのではなく、自らのうちに蓄積された思想、経験などのすべてをバネとする、自己もしくはそれに繋がる世界観を「私性」として読み進めてみたいと思っている。あるいは「私」とは身体という固有性に担保されるものではなく、「私」イコール「世界」と捉える自由さで作品と向き合っていきたいとも思う。

（2012年「Field」）

夕焼ける淡紅色の肉の丘
見ぬふりをしている姉の咲くところ
静脈のくっきりと浮く月の夜
空き瓶を振って残らず死者になれ
押しピンで壁に刺されて影眠る
病室は水に漂いノックする
透明でぶよぶよしているのが私

自分を書くことに馴れない川柳では、日常的な「私ごと」を書くことと「私性」を混同してしまったまま広く流通してしまった。

（2012年「Field」）

球体の朝それぞれの宙返り

蓋とって覗く正方形の空

箱の中まで月光がつきまとう

冬木立いまは歯を抜くため急ぐ

印鑑を押す木枯らしの片隅に

わが影をぽきぽきと折り火にくべる

君が代を唄う娼婦を「はる」という

私たちは、常に規制され規範されている川柳とその言葉に反抗しつつ、自分だけの川柳と言葉を求めて戦ってきたのか、あるいは彷徨ってきたのかという感慨をもっております。

（2003年「劇場」）

くちびるは鉄棒好きの少女です
よく干してさあっとお湯に通す舌
アジア地図より液状の神こぼれ
入り口のすぐ真後ろがもう出口
あかんべいしてするすると脱ぐ国家
夕暮れの寺院のように貼る切手
縊死の木か猫かしばらくわからない

（句集『遊魔系』の）句を読んでも川柳愛好者の八割はさっぱりわからないと言うかもしれない。伝統は否定しないが、文化には時代、時代に応じた新しい血が必要。短歌や俳句の洗練性とは違う、川柳ならではの〝詩〟を追求したい。

（2002年山陽新聞）

冬の犬

冬の夜のすぶ濡れの父勃起せり
たましいも母の背鰭も簾越し
一人ずつ死ねばいいのに雪の朝
電球がぽつんと枯野より戻る
お祭りにゆく日の布を織っている
一枚の耳を分けあう鳥家族
少年の魔物を飼っているバケツ

川柳の現状は「古い習慣性をなぞることによって、人情と社会の規範を一歩も踏み出そうとしない」とか、「既成の概念に閉じ込めた川柳の規範や制度に向かって、一方的な信仰のように日々の感情の断片を漠然と形式化してきた」と、川柳の現状を批判し続けてきた。ここでいう形式とは、けっして外形としての定型という狭い意味だけではなく、形式とは、十七文字の器そのものであると同時に、その器に入れる中身まで含んだ概念を、形式の本質的なものとした

花札をめくって雨の日のいのち

光りつつあなたしずかに腐乱せよ

踊れ踊れと苛める世紀末の靴

メモを書いて秋の桜に伝言す

どの穴も野太い声を発しけり

晩秋を大きな舌として走る

尖るべし夜の雨降る夜の旗

いと考えている。

（2008年「バックストローク」）

本誌（注：「バックストローク」）は決して革新川柳を標榜するのではなく、同人個々の、何らかの表現を目指すものにとっては失ってはならない思想としての革新性を持って、時代精神と伝統の再生に鎬を削ってゆきたい。そのためには革新する根拠と伝統に対する礼儀を失ってはならないだろう。

（2005年「バックストローク」）

どの継目からも水洩れする身体
出生の年月不詳どぶに雨
片方の眼の永遠に暗きもの
棒鱈を噛むにくしみを噛むように
よろめいてまた銀河より死者ひとり
くちびるの端にからまる貨物船
器からはみだしながらヒヤシンス

　初学の頃、川柳はよく解ることを必要とし、「赤裸に人間（こころ）を詠む文芸だ」と教えられた。だが、川柳の場合の赤裸とは―こころを包み隠さず詠う―ことであり、それぞれの心の奥底をあきらかにすることと、「よく解ること」は矛盾しないかという問いに答えてくれるものはいなかった。心理学に詳しくないが、こころ、もしくは精神の在りようは、誰とも共有するものではなく、社会的な秩序や常識に拘束されるものでもない。個々の自由が優先され、保

手首より鳥たつあっと声を出し

群がっているのは腕のようなもの

またがって桔梗の首を締めている

隊列を崩さぬように遡上せよ

毛を抜いてしずかに月のふりをする

石臼の石であること忘れけり

どの紐を引いても死ぬるのはあなた

証されるべきではないか。だがこのことは、じつに容易ならざる営為であって、言葉によって精神の開放の実現に向かうものたちにとって「よく解ること」を前提とする川柳の居心地の悪さに、ときに絶望することすらあった。今もそうだが、難解とそしられながら書き続けることができたのは、おなじ苦闘の中で自らの世界を切り拓いてきた先人の行跡と作品に触れたことと、批評しあう同志に恵まれたことにつきる。

（2008年「バックストローク」）

匕首を持って雪夜のバスが来る
氏素性正しき位置の薄暮かな
川幅を刃物咥えて冬の犬
死に水のあまりはただの水捨てる
肛門はいつも月夜に濡れている
夜明けきて湾の形を崩さない
梃棒ですこしずらせる顎の位置

伝統川柳の本質を変質させてしまおうとする勢力が巨大な力を持って、倫理的、教条的、道徳的なメッセージとしての川柳を奨励する。川柳の核となるべき批判精神は骨抜きにされたま、私たちは伝統川柳を守っていると言われても困る。いや、それは困るどころか害でしかない。彼らの中に、伝統川柳の衰退は批判精神の衰退であり、方法意識の衰退であることに気づく者は少ない。

（2011年「バックストローク」）

飛んでゆく鳥を見送る湿布薬
眼球は何処へ漂うとも言わず
敗北という語知らずに鳥の列
たましいを抜かれる雨の理髪店
ハリガネののびる形も雪催い
行方不明になる父薬缶ぶらさげて
水鳥の顔も苦しむ鏡の間

伝統川柳を時代の中でどう更新してゆくか、その姿勢に革新性が問われるわけで、伝統否定の上には革新性は成り立たない。伝統継承に意を注ぐあまり、情意情念のみの世界で時代精神を失ったまま、時代に取り残されてゆく川柳を、どう時代の中に再生してゆくか、そして、次の世代にどう手渡すかそこにこそ革新性が問われるのではないか。

（2003年「劇場」）

座布団の上は篠突く雨であり

恋人として剃刀の刃の愁い

指折ってなにか数える枕元

化粧するために鯨を抱き起こす

ぞろぞろと鯨を連れて丸太町

日の丸のすでに力もなくそよぎ

水底に息をひそめし銀食器

既成の価値観や共通体験に訴えて、その共通体験のなかで書き手と読み手が手を握り合う、解り合うということだけを目的にしてしまった作品は、その分かりあった時点で作品としての使命が終わってしまいはしないか。誰もが知っていることを解りやすく述べることだけを目的とした作品は、伝えるという目的を果たすことによって、一句がそこから読者の中を飛躍することも膨らむこともなく終わってしまいます。それよりも、意識の底から言葉を選ぶ。現実の

手を入れて水の形を整える

マヨネーズほどの謀反を志す

たてつけの悪い雨戸の奥に菊

紐とけて器よりまた人の声

死亡推定時間は鶴ということに

身体から砂吐く月のあかるさに

空瓶が立つ強靭な顎となり

報告ではなく、現実のまだ見たことの無い世界。あるいは虚構性を潜らし、そこに現れる未知の世界を見ようとする志し。それらが、たった十七文字しか使えない川柳の場合の、形式としての活性化に繋がるのではないかと考えるわけです。

（2003年「劇場」）

死顔の布をめくればまた吹雪

荒野から戻るくれない色の僧

銀の匙ゆらりと父は心不全

花見とは食い散らかした僧かしら

横になる顎は寂しき音をさせ

毛になってみんなで並ぶ喪の写真

睫毛だけ残しいもうと情死せり

川柳が平易で軽くなってきたのは、ここ数年のことではないが、言葉によって表出される現実、あるいは現実を言葉によって固有の世界とする志しを持たぬまま、身の上や心情を述べることが川柳とされてしまう口惜しさ、硬質なものを好まぬ食生活の、噛み砕くことをあきらめ退化してしまった歯が、離乳食のような柔らかさしか受けつけなくなったように、川柳が教条的な美談を残す形式として退化してゆくのを、他人ごとのように見過ごして、自分の世界に没

鑿をうつ石工隈なく彫る身体

月光の指つぎつぎと溺死せり

梟にまかす出棺までの父

もしもしと死体に声をかけてみる

壜を傾けてこの世を滴らす

鉄橋のやがては鳥の飛ぶ形

館より青滲みでる父の霊

頭することだけは避けねばならない。（2008年「バックストローク」）

今は個が時代に求めるものが何もない。したがって、時代に抵抗する熱意も失った潮流にならざるを得ない。そして、内面性を口実にして個の中に閉じこもろうとする。そうではなく時代を見る、そして現代をどう捉えるか、その苦闘の中にこそ、いまこの時代に生きてある「私」が見えてくる。それをどう書くか、というところから、もう一度川柳を問い直したい。

（2008年「バックストローク」）

歓声があがる踵のへんの闇

眦に死者青々とそよぎけり

惨劇やもともと細き鶴の首

月影の舌二、三枚売れ残り

裏声になるまで天日干しにする

兵を繰り出しても眩暈なおらない

大陸は泣き濡れるもの添い寝する

時代性を背景に、言葉によって現れる世界（意味）を待望しながら、それを実践することが私たちの川柳活動だと思っている。だがそれは、意識をもって言葉の世界に身を入れている少数に通用する方法論であって、まるで溶接工のように無意味に言葉をつなぎ合わせて事足れりとする一部によって、川柳の創作現場はかなり混乱している。

（2011年「バックストローク」）

棚にある妖しき鳥語辞典かな
瞳孔の奥の隣家は出火中
縫い目からかすかに濡れる朝ぼらけ
筋肉に触れれば動くところあり
一枚の紆余曲折のはての舌
夜具仏具装具あるいは掻爬の具
裸など見せて河馬ではない証拠

特に川柳は何でもありの世界だけに、「何でもあり」の怖さを知らなければ、言葉はただの遊興の道具となり、クズの山をさらに高くしてゆくような虚しさだけを残しはしないか。

（2011年「バックストローク」）

音階をまた間違えて扉の声
駅裏の湾がしだいに混んでくる
ぞろぞろと敵は無数のきんぽうげ
いもうとが孕む魚一族のあお
ひるすぎの姉は性具の鈍い艶
夕景の蒟蒻よりも抒情する
百合の根という合鍵の隠し場所

川柳の先端はすでに「思い」を書くことを超えて、言葉の新しい「意味を書く」ことへ飛躍するさまざまな実験が繰り返されている。しかし、思いを書くか、意味を書くかはさして重要ではない。図式的かも知れないが、生きていることの現実を否定してしまっては、虚構の世界も成り立たないように、「思い」を否定してしまっては、新しい意味へ飛躍するスプリングボードも失うことになる。別々の入り口から入っても、その奥に広がる出口は一つということもあ

耳打ちをしてゆく少女歌劇団

蒟蒻の威儀を正している夕日

上滑りしてゆく八月のたまご

歯は秋の郵便局になるという

月光の端にちらっと裁判所

ななめになっているのは父か酢昆布か

性器にも月にも見せぬ嘆願書

る。川柳を書こうとするとき、「よく解る」という表層意識で了解できる作品ではなく、精神に蓄えられた自己洞察と、時代のさまざまな位相から受けた照射の痛みを言葉に置き換える、それが「思い」を書くという自己表出ではないだろうか。

（2006年「MANO」）

鳥けもの苦しんでいる変声期
噛むときはくるよく研いでおきなさい
はらはらと踊りやめれば黄落す
包帯を巻く稲妻の一部分
確実なものに鯨の骨がある
細長くのびて恋人らしくなる
行方不明の父が突ついてみるくぼみ

言葉を使えば必ず意味は生じる。書き手は経験に即した現実の意味を書く。読み手は現実的経験を頼りに一句の意味を捉える。幻想のような共通認識の中で解りあい、感動しあう。川柳はそのことに馴れ親しんできた。まず書き手の「思い」があって、川柳はそれを伝えるための表現から出発した。読み手は、この人は何を伝えようとしているかというところから読みはじめる。だが一〇〇人いれば一〇〇の意識がある。一〇〇人が解りあうということは不可能だ。

椅子よりも一つ多い死者の数

甲高い声だす記念切手かな

出血もせずふつつかな弦楽器

死は死の種子を蒔きつづけ

夕ごはんまでは確かに野であった

男根のぞろりと舟を降りてくる

親戚がきて苦しめているさくら

その不毛を考えず伝達性を主意として書く川柳は、意識の浅い世界へ平面的に広がっていくしかなかった。おのずから意味を書くことの限界が生じる。だが言葉の力を信ずれば、この限界を超えてゆくために、あたらしい言葉の世界をさぐる作品が生まれつつあるのも必定だった。

（2011年「バックストローク」）

月浴びて艶やかになる格闘技

罫線を横に跨いで死者の列

横抱きにされて月下の黒い瘤

かさぶたを剥がしてみれば曲馬団

死後という明るい湖の波紋

夕焼けの卵売り場に一人立つ

暗黒にぽつんと人形屋を点す

私達は「自らの真を書く」という命題のもとに川柳創作に励んでいるのだが、「真を書く」ということは案外と難しく、ほとんどの場合「自らの事実を書く」ことにとどまっていて、日常生活に派生する、皮相的な感情を述べることで終わってしまう句が少なくない。たとえば肉親の死という厳粛な事実は、当事者にとっては人生を左右しかねない真実なのかも知れないが、第三者（読者）にとっては一つの事実にしか過ぎない。その事実を事実として報告するだけでは

脱臼して鳥は巨大なガーゼです
黒色のにんじん共同謀議せり
喪の家の桃の匂いはいやらしい
武力にてあのヒヤシンス制圧す
おとうとを匿うための神かぐら
巻き舌の方をあなたに差し上げる
天皇に耳打ちをして過ぎる馬

なく、真実としてどう書くか。そこに虚構性というフィルターが用意されていて、対象を経験や体験という事実ではなく、意識下の出来事として捉えることによって、普遍的な事実からきわめて個性的な真実へと一句の内意は研ぎ澄まされてゆく。

（2012年「Field」）

冬の犬以後

脱臼の後もしばらくアジアにいる
逆さまに振って桔梗をみな吐かす
セロファンで包む沼地の一部分
てのひらのこれは古文書これは魚
憎ひとり喉のあたりを迷いけり
二階から役者ふらりと降りてくる
わたくしが鍵になるまで捏ねている

川柳は時代の移り変わりによってさまざまに変化するもの、いま川柳の軸足は、思いからことばへ移行しつつある。「思い」を凝縮した自己の再現から、ことばによって表れる自己、もしくは世界を待望する形式に変わりつつあると言い換えてもいい。

（2011年「MANO」）

首だけは出入り自由にする格子

神さまというういやらしいそり具合

鐘撞きに行ったと証言者のひとり

ふりむきふりむき青蛇になる

肉体のどこ抱けばいい桜餅

肉屋などぼおっと点す銀河沿い

けむりですからと揉み手で消えてゆく

「そこにある自分を書くのではなく、書くことによって表れる自分」という考え方を創作理念としている

（2008年「バックストローク」）

梟のいるところまで舌のばす

戦争が始まるみんな耳を持ち

死にたいと目玉の揺れる夜の木々

あぶな絵のちらちらちらと雪もよい

たっぷりと水を含んで捨てられる

豆腐ゆらりとまた下半身入れ替わる

黄昏を降りるあるぜんちん一座

作者がなにを意図しようとも、どれほど思いをかけようとも、それを言葉自体の躍動によって書き表さなければ、無意味に等しいという強い自覚が作品に表れはじめた。言葉で書くことによってしかこの世に出現しないものを、何とか表現しようとするものが詩であるという考えが、川柳にもようやく生まれてきたのである。

（2012年「Field」）

かき混ぜてみる水に浮く大鳥居
鳥籠のなかの月光尖らせる
ぶらぶらと砂丘の兄は懐手
触れるものみな舐めてみる月の暈
片方の耳はすすいで酢に漬ける
途中から白装束の春の月
鳥籠に鳥が戻ってきた気配

意味を飛び越えてことばを弄べ。読者を裏切れ。
そのためには、まず自分を裏切ることだ。

（2012年「Field」）

あとがき

石部さんが亡くなってもうすぐ七年になる。「ＭＡＮＯ」創刊・『現代川柳の精鋭たち』出版・「バックストローク」創刊・『セレクション柳人』出版と川柳の一時期を一緒に駆け抜けてきた。石部さんと歩いていた時代は実に楽しかった。たいへんだった部分もあるはずなのに、いつも石部さんはケセラセラと引っ張ってくれた。「感謝しても感謝しきれない」ということがあるが、今回、堺利彦さんからこの話をいただき、石部さんをまとめて振り返っていたら、その気持ちがぐんとせり上がってきた。石部明さんの存在がなければ、今の私はない。たぶん、畑美樹さんも同じ気持ちだと思う。

石部さん美樹ちゃんと三人で倉敷に行ったことがある。食事に入ったお店で、「仲のいい親子さんですね」と言われた。娘を連れた夫婦に見えたらしい。「あんまりだ」とむっとした。ことあるごとにその話を石部さんも美樹ちゃんもした。それが今、無性になつかしい。

令和元年　初秋

樋口由紀子

編集後記

口絵の年表を整理する作業で、私が明さんを知る前の写真を初めて手にした。黒々とした髪と、少し恥ずかしそうな笑顔と。ああ、明さんだ。新しい出会いをしたような嬉しさに、湧き上がるものがあった。

明さんとの記憶で最も古いのは、神戸で開かれた句会後の懇親会でのことだ。混み合う店内で、偶然同席になったのが、明さんや新家完司さんら、当時「妖怪」と称されていた面々だった。狭いボックス席で、妖怪たちの話を楽しく聞いた。その少し後に、ある川柳誌の記事に私の川柳を引用してくださり、すぐに掲載誌のコピーを郵送してくれた。今でも大切にしまってある。近隣に川柳仲間が少なく、ひとりで岡山や大阪に出ていくことが多い私をいつも気遣ってくれた。あの神戸の夜、同席するご縁がなければ、その数年後の「バックストローク」創刊にあたり、編集人として声をかけていただくこともなかっただろうと思う。

明さんに会うのは、バックストロークの大会など年に数回。そこで、樋口由紀子さんと一緒に明さんの近くに座ると、ニヤリ、としながら、次なる企みを話してくれた。自身の川柳というより、川柳界へのまなざしの熱さ、強さを感じさせる企みの数々だった。あの、黒々とした髪の頃の明さんは、どんなことにまなざしを向けていたのだろう。口絵の編集作業をしながら、それを知りたい気持ちが溢れた。

息切れを感じることなく川柳を楽しみ、全国に川柳の仲間を持つことができたのは、明さんが前を歩いていてくれたからだったと、改めて実感している。ありがとう、明さん。その背中をずっと、勝手に見つめてきたつもりだったけれど、まだまだ新しい明さんとの出会いがありそうですね。

令和元年　初秋　　　　　　　　　　畑　美樹

監修のことば

ふらりと訪ねて鵜飼谷温泉に泊まり、夕食を共にして歓談した時、もし僕が「宝くじ」に当たったら絶対にムック版で『石部明読本』を出版するからねと約束したものの、その後は「宝くじ」に見放されていましたが、このほど、新葉館出版の竹田麻衣子さんから、名作家シリーズの一冊として石部明さんを採り上げたいとのお誘いを受け、石部さんと交流の深かった前田一石さん、樋口由紀子さん、畑美樹さんのご協力を仰ぎ、なんとかまとめることができました。

なお、この出版企画に対し、ご遺族である奥様の石部総子さんとお嬢様の西﨑眞奈美さんからこころよくご了承をいただき、この場を借りて厚く御礼申し上げます。

ささやかな小冊子ですが、たぶん「そんなことだろうと思っていたよ」と石部さんは笑って赦してくれるでしょう。なぜか涙がこみ上げてきました。内容に不備な点があればすべて私の責任です。お許しください。

令和元年八月　　堺　利彦

●編集者略歴

前田　一石（まえだ・いっせき）

1939年、大阪生まれ。

「川柳平安」「新京都」「黎明舎」「バックストローク」「川柳カード」などの同人を経る。現在、玉野川柳社代表。「川柳スパイラル」会員。27年間「玉野市民川柳大会」を主催。

句集『てのひらの刻』、アンソロジー『現代川柳の精鋭たち』、『セレクション柳人・前田一石集』など。

樋口由紀子（ひぐち・ゆきこ）

1953年、大阪府生まれ。

「晴」編集発行人。「豈」同人。

句集『ゆうるりと』、『容顔』、『セレクション柳人・樋口由紀子集』、『めるくまーる』、エッセイ集『川柳×薔薇』、アンソロジー『現代川柳の精鋭たち』、共著『セレクション柳論』。

畑　　美樹（はた・みき）

1962年、長野県生まれ。

「川柳スパイラル」同人。「川柳Leaf」同人。「バックストローク」編集人（2003〜2011年）。

句集『雫』、『セレクション柳人・畑美樹集』、アンソロジー『現代川柳の精鋭たち』、共著『セレクション柳論』。

【監修者略歴】

堺　利彦（さかい・としひこ）

1947年、北海道生まれ。「川柳さいたま」同人、日本川柳ペンクラブ理事、川柳学会理事、「バックストローク」同人、「川柳カード」同人等を経て、現在無所属。

著書『現代川柳の精神』、『川柳解体新書』、共編著『現代川柳ハンドブック』、『川柳総合大事典（人物編）』、共著『セレクション柳論』。

川柳ベストコレクション

石部明の川柳と挑発

○

2019年12月25日　初　版

監　修

堺　利　彦

発行人

松　岡　恭　子

発行所

新　葉　館　出　版

大阪市東成区玉津1丁目9-16 4F　〒537-0023

TEL06-4259-3777㈹　FAX06-4259-3888

https://shinyokan.jp/

○

定価はカバーに表示してあります。

ISBN978-4-86044-041-1